ODES

CAVALIÈRES

par

GUSTAVE ESCOFFIER

Que l'on fasse, après tout, un enfant blond ou brun,
Pulmonique ou bossu, borgne ou paralytique,
C'est déjà très-joli quand on en a fait un.

DE MUSSET

BORDEAUX

LIBRAIRIE NOUVELLE

3, PLACE DE LA COMÉDIE, 3

—

1877

Y

ODES

CAVALIÈRES

par

GUSTAVE ESCOFFIER

Que l'on fasse, après tout, un enfant blond ou brun,
l'ulmonique ou bossu, borgne ou paralytique,
c'est déjà tres-joli quand on en a fait un.
A. DE MUSSET

BORDEAUX

LIBRAIRIE NOUVELLE

3, PLACE DE LA COMÉDIE, 3

—

1877

I

AU LECTEUR

—

J'aurais pu dans mon secrétaire
Laisser, ma foi, dormir ces vers,
Au lieu de m'exhiber — me taire.
Se mettre en montre est un travers
D'un usage qui n'est pas rare.

Sur ce point je ne me sépare
En rien d'autrui. Quel vieux méfait!
Si peu, lecteur, que l'on ait fait
Une page de vers, un chapitre de prose,
Tout comme un pur chef-d'œuvre, au grand jour,
                                    [on l'expose.

II

VIEILLE HISTOIRE DU JEUNE TEMPS

———

Je te donnai mon cœur, mon jeune cœur, mignonne
Et quand un soir d'été nous trouve en mon taudis,
Ma chambre, à ton aspect, étincelle et rayonne,
Changée en un clin d'œil en joyeux paradis.

Loin de nous le grand jour et le bruit de la foule!
L'amour veut du mystère et ne vit que par lui.
C'est un oiseau craintif dont le gosier ne roule
Ses sons harmonieux que quand l'étoile a lui.

Quel tourment m'étreignait lorsqu'avait sonné l'heure
Du rendez-vous! Guettant le doux bruit de tes pas
Je restais anxieux et seul dans ma demeure,
En proie au doute affreux que tu ne viendrais pas.

Je décidais alors de secouer ma chaîne,
De ne plus te revoir et de rompre avec toi
De chasser de mon cœur l'indigne souveraine
Qui se hâtait si peu, quand je l'attendais, moi.

Mais si ta main venait tardive ouvrir ma porte :
Adieu cruels soupçons! Adieu serments d'oubli!
Comme un noir cauchemar que le réveil emporte,
Mon front si courroucé ne gardait pas un pli.

Et je vivais plongé dans une folle ivresse,
A ta lèvre attaché par un immense amour.
Atome enseveli sous des flots d'allégresse,
Qu'avais-je à faire encor de la clarté du jour?

III

MORTE VIVANTE

Quand je tiens dans mes bras, débordant de jeunesse
Ton corps souple et nerveux qui tressaille au toucher,
Je suis loin de songer, ô ma jeune maitresse !
Au jour où dans la bière il faudra le coucher ;

Où les vers par milliers trouveront leur pâture
Sur tes flancs amoureux que caresse ma main,
Où ton corps ne sera plus qu'une pourriture
N'ayant rien conservé du simulacre humain ;

Où tes grands beaux yeux bleus clairs miroirs de ton
Sous terre ne seront que deux grands trous bien noirs,
Deux foyers sans chaleur, deux orbites sans flamme,
Plus obscurs mille fois que les plus sombres soirs;

Où, triste survivant d'une morte chérie
Je porterai mes pas au funèbre gazon,
Pour voir de ton beau corps la dépouille pourrie
Revivre sous le ciel en sainte floraison

IV

L'ATTENTE

Elle ne viendra pas! Et pourtant dans ma chambre
J'ai tout fait disposer pour la bien recevoir.
Mes rideaux sont tirés, j'ai fait brûler de l'ambre
Et poser sur mon lit mes draps de satin noir.

Ce bel écrin soyeux rehaussera, madame,
La blancheur des contours de votre corps charmant.
Dans la nuit de la soie enveloppés, mon âme,
Nous ne songerons plus à ce monde alarmant;

2

Nous vivrons, car c'est là ce que j'appelle vivre,
Écoutant de nos cœurs le double battement,
Et la main dans la main, l'œil dans l'œil, divin livre,
Nous vivrons une vie en un embrassement.

V

LA DIANE DU PRINTEMPS

Quand le printemps sonne la diane
Aux escadrons de fous désirs,
Enlace-moi comme une liane,
Ardente aux amoureux plaisirs !

Dans tes bras nus je veux éteindre
Le feu qui souffle au renouveau,
Fiévreuse ardeur qui fait étreindre
Lascivement ton corps si beau,

Et sur un lit d'herbe nouvelle
Que constellent de fraîches fleurs,
Me rouler avec toi, ma belle,
Parmi les fleurettes tes sœurs.

VI

TRISTE DÉCOUVERTE

Femme! quand je connus ton insigne imposture,
Cœur crédule t'aimant comme on aime à vingt ans,
Du pauvre amant trompé je sentis la torture
Et ce qu'à prononcer coûte ce mot! « Tu mens! »

Tu mens, te dis-je alors, infâme comédienne!
Contre l'or de mon cœur je troque un vil billon :
Mon amour est à moi, si l'imposture est tienne,
J'en garde au fond de l'âme un lumineux sillon.

VII

LA MÉCHANTE

L'existence est une méchante
Je l'écris du sang de mon cœur,
Du rêve d'or qui nous enchante
Le temps est l'éternel rongeur.

VIII

A MADAME X...

———

Comment supportez-vous tous ces baisers paternes
Que vous donne, Madame, un vieil et riche époux?
Ah! combien vous devez les trouver froids et ternes
Si vous vous souvenez de nos baisers à nous!

Ah! combien votre cœur doit être triste et vide,
Si vos tiroirs sont pleins d'un palpable trésor!
Vous avez, malheureuse! en courtisane avide,
Reçu dans votre lit un homme pour de l'or.

IX

SAINTE BLESSURE

Si l'amour nous meurtrit, l'amour seul nous fait vivre.
De son vin généreux que ma raison s'enivre,
Qu'il me meurtrisse encore après m'avoir meurtri !

Rien n'est meilleur qu'aimer, mignonne, sur la terre,
Et quand ta trahison me torture et m'atterre,
Pour tous les maux soufferts, je dis encor : « Merci ! »

IX

A LA NATURE

Comme un roseau dans la tempête,
Pourquoi courbes-tu notre tête
Sous les étreintes du malheur?

C'est que tu veux — sage ouvrière —
Purifier toute matière
Dans le creuset de la douleur.

3

XI

L'HEURE MAUDITE

Ah! maudite soit l'heure où dans l'immense ville
La femelle impudique arpente les trottoirs
Et flaire dans la nuit, comme une chienne vile,
Le mâle en rut rôdant plein de charnels espoirs.

Maudites mille fois, ces étreintes lascives,
De l'amour enivrant sale contrefaçon!
Maudites, soyez-vous! ouvrières passives
D'atroces voluptés à donner le frisson;

Vous, qui du corps humain pompant les forces vives,
Sous vos baisers glacés engourdissant les cœurs,
Au banquet de la vie envoyez pour convives
Des hommes dégradés par vos honteux labeurs.

XII

A MATHILDE

———

M athilde veut avoir son nom en acrostiche.

A la femme qui plaît on ne refuse rien.

T out autre qu'un rimeur, voyant là quelque niche,

H orripilé, dirait : « Quelle tâche de chien ! »

I l est aisé d'écrire en un rhythme qu'on aime,

L e devoir qu'on chérit n'est jamais négligé,

D onnez-moi quelquefois cet avantage extrême

E n exauçant vos vœux, d'être votre obligé.

XIII

LA COCOTTE

Ayant toujours aimé la femme à la folie,
Ne cherchant pas épouse, et Berthe étant jolie
A croquer — m'ennuyant abominablement —
Je marche droit vers elle et galamment l'aborde
D'un de ces vieux propos usés jusqu'à la corde
Qui viennent à la bouche invariablement.

« — Monsieur, j'attends quelqu'un, soyez assez gentil
Pour me laisser. — La chaleur, Madame, est extrême !
Et s'il ne venait pas cet homme heureux qu'on aime ?
Ce que, ma foi, je souhaite ardemment. — Plait-il ?
Vous aimeriez, Monsieur, que j'eusse un contre-temps ? »
— Oui, s'il me permettait de faire connaissance
Avec ces jolis yeux. — Sont-ils impertinents
Ces jeunes amoureux ? Oh ! la vilaine engeance.

— Je vous l'ai déjà dit, la chaleur est extrême,
Entrons prendre au Chalet une glace au moka,
Ou ce qu'il vous plaira, l'ombre seulement même,
Vous savez, qu'en juillet, on en fait un grand cas. »

Son galant ne vint pas; j'en fus bien aise en somme.
Il fait vraiment si bon, quand l'ennui vous assomme,
Avoir deux jolis yeux de femme pour jaser,
Une bouche charmante appelant le baiser,
Rouge écrin laissant voir un double rang de perles
On brave les sifflets des gens, ces vilains merles,
On oublie un moment tous les soucis qu'on a;
Et qu'importe, après tout, que cette femme là,
Jeune instrument d'amour qui sous notre main vibre
Ait naguère senti sa plus secrète fibre
Du même air amoureux vibrer sous d'autres doigts

Lorsque du rossignol vous entendez la voix,
Allez-vous, insensé, vous boucher les oreilles,
Vous priver bêtement des chansons sans pareilles
Que ce chanteur ailé module au fond des bois?

XIV

AU BOURGEOIS

———

Voyons! bourgeois, dis-moi sur l'heure
Comment, par quel docte labeur,
Tu parviens avant qu'il ne meure
A t'embaumer ainsi le cœur?

A tuer cette sainte flamme
Qui nous purifie en brûlant;
A vendre lâchement ton âme,
Nouveau Judas, pour quelque argent?

A ne vouloir d'autre musique
Que le son de tes pièces d'or
Que dans un ordre méthodique
Tu mets au fond d'un coffre-fort?

Dieu juste! était-ce bien la peine
De nous donner un cœur aimant,
Si nous devions dedans sa gaine
Laisser dormir cet instrument?

Voyons! bourgeois, prends la parole
Catéchise, convertis-moi.
Sous ta bannière je m'enrôle,
Épicier, souffle-moi ta foi!

Dis-moi qu'il faut que je combatte
Le réel, le seul vrai combat,
Celui qui nous graisse la patte.
Allons! bâte-moi de ton bât.

Dis-moi qu'un jeune homme doit être
Sérieux après quelques écarts,
Qu'à l'œuvre il doit enfin se mettre,
Pardienne! et planter là les arts.

Et qu'alors ton auguste fille
Élevée au sein d'un comptoir,
Cédant aux vœux de sa famille
Sera ma femme quelque soir;

Qu'elle fera de petits êtres
Positifs courtauds et proprets,
Ne jetant rien par les fenêtres,
A tous les entassements prêts.

Qu'ainsi ma nature rêveuse
Croisée avec du positif,
Rendra ma descendance heureuse
Et bourgeoise au superlatif.

Bien entendu, pour que tout serve,
On verra de petits commis
Envelopper mainte conserve
Dans des vers par leur père écrits.

XV

L'ADULTÈRE

———

Regardons s'il vous plaît ce qu'avec son amante
Fait l'amoureux Balzan.
                    Sur le lit conjugal
Il a mis son chapeau, sa badine élégante,
Et d'un œil satisfait contemple le régal
Que, de ses blanches mains, notre épouse infidèle
A préparé, servi, palpitante d'amour,
Pour cet heureux mortel qui se trouve auprès d'elle
En tête à tête intime à la fin d'un beau jour.

4

Entendez-le joyeux parler à sa maîtresse
Un langage brûlant où se peint son ivresse :

> « Allons! ma charmante compagne,
> Remplis mon verre jusqu'au bord,
> Qu'il se vide et s'emplisse encor !
> Car je veux battre la campagne
> Ivre de vin, ivre d'amours,
> Baiser tes lèvres de velours,
> Boire ce vin de couleur d'ambre,
> Qu'on prendrait pour quelque flot d'or,
> Mettre le paradis en chambre,
> Voir ton corps divin qui se cambre
> Sous la volupté qui le tord. »

Dans quel délire sont ces deux amants coupables!
Le ciel de Mahomet pour eux semble s'ouvrir.
Ils n'auraient jamais cru de vils humains capables
De la félicité dont ils ont su jouir.

Ils ne connaissaient pas ces divines étreintes
De deux cœurs amoureux l'un vers l'autre attirés,
Ces désirs confondus, ces communions saintes
D'où les plaisirs charnels jaillissent épurés.

. . . .

Laissons nos deux amants les paupières bien closes,
Sur le lit de l'époux paisiblement placés,
Dormir profondément les membres enlacés
Et goûter ce repos si bon après les choses
De l'amour, sans penser qu'à tous leurs rêves roses,
Qu'aux enivrantes fleurs sous leurs baisers écloses
Succèderaient bientôt deux cadavres glacés.

Le mari de Rosine était un fort brave homme
Possédant de l'argent, quelques biens au soleil ;
Rosine, elle, au contrat porta pour toute somme
Une joyeuse humeur d'alouette au réveil.

Elle ne savait pas l'aimante jeune fille
Élevée en un coin de l'enchanteur Midi,
Qu'à son cœur de vingt ans qui gazouille et sautille
Il fallait un époux uu peu mieux assorti ;

Qu'il nous faut *bon souper*, *bon gîte* et puis *le reste*,
Qu'on peut d'ennui mourir avec vivre et couvert,
Que le cœur veut aussi sa pâture et proteste
Contre la dure loi qui vient le mettre au vert.

Si Balzan quelquefois d'une grossière flamme
Pour des femmes de rien vit ses sens s'embraser,
Il n'avait pas connu cet enivrant dictame
Que nous verse une lèvre avec un saint baiser.

Blâmerez-vous le cerf qui dans une eau boueuse
Faute d'un clair ruisseau va se désaltérer,
Qui trouvant un matin dans la forêt ombreuse
Une source limpide y boit énamouré;

Sans songer que là-bas, caché par un tronc d'arbre
Quelque chasseur l'ajuste et va le mettre à mort,
Accomplir ce forfait sans le moindre remord
Et de son corps brûlant faire un vrai corps de marbre?

. . . .

Rose, qu'un coup de feu réveille brusquement,
Ouvre des yeux hagards, voit près d'elle un cadavre,
Aux mains de son époux un revolver fumant...
Ce lugubre tableau la confond et la navre.

Des mains de son mari que la douleur égare
Prenant l'arme, elle meurt auprès de son amant.
Et le lit conjugal n'est bientôt qu'une mare
Où de nos amoureux vient se mêler le sang.

L'époux est acquitté : son meurtre est excusable.
Ce qu'on ne lui rend pas, c'est son honneur perdu
L'existence paisible à lui qui n'est coupable
Que d'avoir épousé femme qu'il n'aurait dû.

XVI

A MES CAMARADES D'ÉCOLE

Amis, fuyez tous mon exemple !
Soyez bourgeois c'est bien plus sûr ;
Ne soyez pas prêtres sans temple
C'est un métier cruel et dur.

Quand vous aurez passé vos thèses,
Revenez au toit paternel ;
Mariez-vous, soyez obèses,
Le solide, c'est le charnel !

TABLE

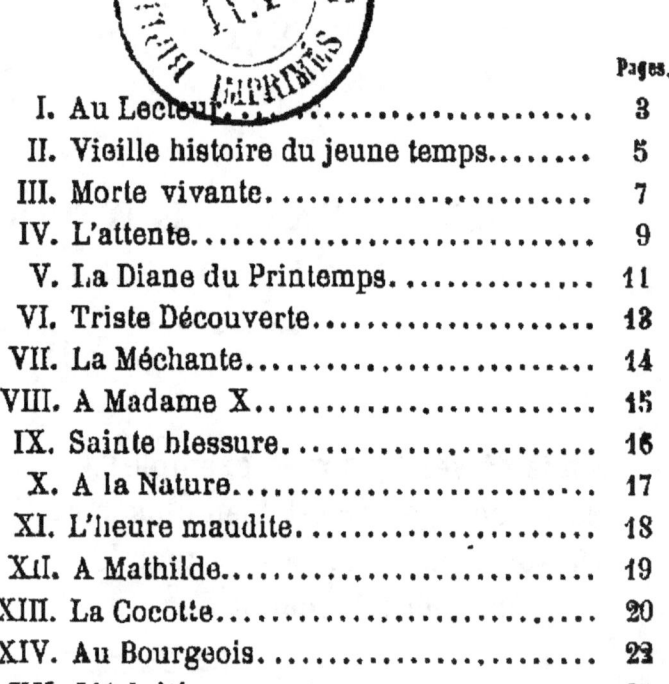

Bordeaux. — Imprimerie Duverdier et Cie (DURAND, directeur), rue Gourion, 7.

www.ingramcontent.com/pod-product-compliance
Lightning Source LLC
Chambersburg PA
CBHW061619180626
46818CB00005B/2153